DE LA
DÉFENSE DE PARIS

PENDANT LE SIÉGE

AU POINT DE VUE DE L'ALIMENTATION

PAR

ARNAULD DE VRESSE

ET

P.-Ch. JOUBERT

PRIX : UN FRANC

PARIS

ARNAULD DE VRESSE, LIBRAIRE-EDITEUR

55, RUE DE RIVOLI, 55

1871

DE LA

DÉFENSE DE PARIS

PENDANT LE SIÉGE

AU POINT DE VUE DE L'ALIMENTATION

Paris. — Imprimerie Paul Dupont, rue J.-J.-Rousseau, 41 (Hôtel des Fermes).

DE LA
DÉFENSE DE PARIS

PENDANT LE SIÉGE

AU POINT DE VUE DE L'ALIMENTATION

PAR

ARNAULD DE VRESSE

ET

P.-Ch. JOUBERT

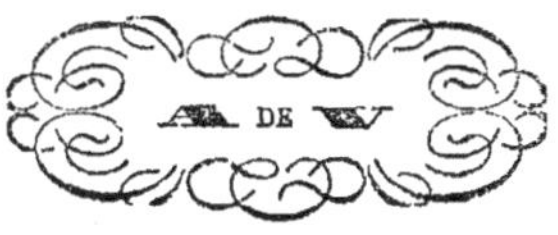

PARIS

ARNAULD DE VRESSE, LIBRAIRE-ÉDITEUR

55, RUE DE RIVOLI, 55

1871

DE LA

DÉFENSE DE PARIS

PENDANT LE SIÉGE

AU POINT DE VUE DE L'ALIMENTATION

Un vent du nord-est souffle sur la France, et ses effluves nous apportent la triste nouvelle de la reddition de Sedan. Le calendrier porte la date du 2 septembre 1870.

Jour à jamais néfaste dans l'histoire des nations, heure sanglante qui nous rappelle un si douloureux passé !

A ces lugubres nouvelles, Paris et Lyon répondent en acclamant le régime républicain. Les plus hardis « *Audaces fortuna juvat* » se fabriquent un pavois et se proclament membres du Gouvernement de la défense nationale. Vu l'urgence, le suffrage universel est foulé aux pieds et cependant, à ce moment suprême, nous possédions nos lignes télégraphiques nos chemins de fer et quatorze jours nous séparaient de celui où Paris devait être définitivement investi par l'armée prussienne.

Ce jour-là arrive enfin, précédé par les lueurs de l'incendie... et Paris enfermé dans un cercle de fer, en est réduit à ses propres forces.

Les forces alimentaires de Paris étaient à cette époque, il faut bien le dire, assez abondantes pour satisfaire à toutes les exigences d'une population pouvant continuer à se ravitailler par les lignes ferrées du Midi et de l'Ouest, mais insuffisantes pour le cas d'un investissement prolongé, puisque le 1ᵉʳ août le stock en farine ne dépassait pas 300,000 quintaux métriques, quantité strictement nécessaire à la consommation de quarante jours. Le 13 août, un membre du Corps législatif, M. Jules Simon, interpellait le gouvernement au sujet de l'approvisionnement de la Capitale. Le 16 du même mois, M. J.-A. Barral, dans l'*Opinion nationale*, réclamait le battage immédiat des blés, l'envoi aux marchés des grains ; des prêts aux meuniers et aux boulangers, afin de les aider à l'acquisition des froments et farines. Le 28, la *Patrie* annonçait que Paris pouvait compter sur un approvisionnement en pain pour au moins deux mois. Le commerce, ajoutait cette feuille, possède en outre de nombreux approvisionnements en riz, pâtes alimentaires, légumes, fromages et conserves. Quant aux vins et alcools, le stock des entrepôts pouvait suffire à la consommation de six mois.

Enfin, le 30 août, la Ville engageait les habitants à se pourvoir eux-mêmes à l'avance, dans la mesure de leurs ressources et de leurs besoins, des diverses denrées alimentaires susceptibles de conservation, elle annonçait également l'arrivée de nombreux chargements de farine en baril de provenance étrangère.

En présence de cette concentration de denrées, celles-ci éprouvaient déjà une hausse relativement considérable. Les ennemis de l'intérieur commençaient leur œuvre d'accaparement, aussi, le 31 août, lisait-on dans l'*Opinion nationale* les lignes suivantes : « Il nous arrive depuis quelques jours de nombreuses plaintes sur les exigences excessives des marchands et fournisseurs, exigences nullement justifiées par la rareté des provisions, puisque jamais Paris n'a été si abondamment pourvu. »

Mais du jour de la proclamation du régime républicain — 4 septembre — jusqu'au moment de l'investissement, le Gouvernement de la Défense semble avoir perdu tout souci des mesures à prendre en vue de l'alimentation de Paris. A l'Hôtel de ville on s'occupe de distribution de places et de sinécures. Au Ministère de l'agriculture, on s'occupe également de tout, excepté de l'alimentation, comme si celle-ci ne devait pas être, à un moment donné, la seule planche de salut.

A cette occasion, voici comme s'exprime très-judicieusement et avec une modération qui lui est peu habituelle, M. Blanqui dans un factum intitulé : *Un dernier mot.*

« Seize jours se sont écoulés entre la proclamation de la République et l'arrivée des Prussiens sous nos murs. L'avenir de la guerre était tout entier dans l'emploi de cette quinzaine.

« Si Paris s'est trouvé en mesure de soutenir un siége, ce n'est pas la faute des gouvernants de l'Hôtel de ville et c'est à coup sûr leur regret. Ils ne s'inquiétaient ni de vivres, ni d'hommes, ni de canons, ni de fusils. Les seize jours qui auraient pu retourner la situation et perdre l'armée allemande ont passé au milieu d'une inaction absolue.

« Par suite des achats faits pour Paris le prix des céréales avait haussé légèrement sur les marchés. C'est dans le commerce, le résultat ordinaire des demandes actives. Mais les greniers où puisent la capitale étaient peu entamés. La récolte de la Beauce n'était pas battue en majeure partie. Par le chemin de fer de Chartres on pouvait l'amener rapidement, grains et pailles. Les Prussiens l'ont enlevée un mois plus tard.

« Un ordre des préfets aurait également fait transporter à Paris les céréales en gerbes dans un rayon de trente lieues, sauf les quantités nécessaires pour la subsistance des habitants et pour les semailles. La Beauce est comprise dans ce périmètre. Elle a été beaucoup plus maltraitée que les autres provinces. C'est un pays plein d'énergie et de patriotisme.

« Les départements de l'Ouest et du Centre auraient fourni des quantités considérables de bœufs et de moutons. Il était facile de doubler le nombre des bestiaux déjà réunis à Paris. La bonne volonté se montrait partout pour cette œuvre de salut. Faire tuer dans les départements 40 à 60,000 porcs qui salés et aussitôt expédiés, était encore une mesure très-réalisable.

« Œufs, beurres, légumes et poissons secs, fromages de Hollande et de Gruyère, huile, volailles et lapins vivants, pouvaient affluer de province, par l'autorité des agents spéciaux munis des recommandations préfectorales. L'argent abondait et n'aurait pas trouvé de rebelles. Le ministre Duvernois n'avait pas employé seize jours pour ses approvisionnements. On pouvait faire aussi bien que lui.

« Afin de réduire en farine les céréales introduites en grains, il fallait transporter à Paris, les meules des moulins d'Étampes, Corbeil et Pontoise. Naturellement l'Hôtel de ville n'avait pas daigné s'occuper de ces détails, et l'on se souvient que le pain a manqué en décembre, tandis que les magasins regorgeaient de blé. Les avocats ne sont pas tenus de savoir que le pain se fait avec de la farine et la farine avec du blé. »

Voyons maintenant les dispositions qui furent prises par le Gouvernement de la défense pendant la période des seize jours de répit : Or, en consultant le *Journal officiel,* nous ne trouvons que trois avis : deux du 11 septembre et un troisième du 12.

11 septembre, la taxe de la viande de boucherie est rétablie dans Paris.

11 septembre, il sera délivré par compagnie de gardes nationaux des bons de vivres, aux hommes qui en feront la demande.

12 septembre. — Il sera ouvert, sur l'emplacement du marché aux chevaux, un marché quotidien pour la vente des bestiaux de boucherie destinés à l'approvisionnement de Paris. Des dispositions sont également prises au point de vue de la taxe et de la division par catégorie de viande.

Consummatum est !

C'en est fait ! Paris est investi et la capitale du monde civilisé en est dès lors réduit à ses propres forces. Que va-t-il se passer ? Le journal du siége est là pour nous l'apprendre et nous servir de guide, pour nous aider à reproduire cette triste et lamentable histoire.

Quatre ou cinq jours s'écoulent et, dès le 21 septembre, la population se plaint déjà que les bouchers ne se conforment pas à l'arrêté relatif à la taxe de la viande. On réclame que des mesures énergiques soient prises à cet égard.

Le même jour, la taxe du pain est provisoirement rétablie dans Paris ; le décret nous apprend que cette taxe sera faite tous les huit jours par les soins d'une commission spéciale.

Le 23, le marché des bestiaux vivants, établi au marché aux chevaux le 12 septembre, est remplacé par une vente à la criée des viandes abattues dans les abattoirs de la Villette, Grenelle et Villejuif.

Le 25, on voit apparaître dans Paris, en faveur des indigents et nécessiteux, les premiers fourneaux économiques, précurseurs des cantines nationales.

Le 26, la viande de cheval commence à entrer officiellement dans l'alimentation. Voici à ce sujet comment s'exprimait alors le *Journal officiel* :

« L'état sanitaire des animaux de la boucherie réunis à Paris est excellent et les ressources en viande sont suffisantes. Mais, en raison du prix élevé des fourrages, un grand nombre de chevaux très-propres à la consommation sont livrés à l'équarrissage.

« Dans les circonstances actuelles, il n'est pas permis de

laisser perdre une ressource aussi précieuse, aussi l'administration prend-elle des mesures pour que les chevaux puissent être amenés, vendus et tués dans les différents abattoirs de Paris. Sous l'influence de cette mesure, le nombre des étaux, où la viande de cheval va être vendue, va s'accroître dans les différents quartiers. »

Malgré ces mesures, le 28 septembre, des plaintes s'élevèrent de toutes parts, à propos de la cherté des denrées alimentaires. Paris, assurait-on, était encore approvisionné pour deux mois et pourtant à cette date des spéculateurs sans entrailles se livraient à d'épouvantables agiotages. Tous les aliments subissaient une hausse de 50, 100 et 200 p. 0/0 : Ainsi le saindoux de 1 franc se vendait 1 fr. 50 c., les fromages de 60 à 80 centimes n'étaient livrés qu'au prix de 1 fr. 60 c. à 1 fr. 80 c., le lard, enfin, valait 6 francs le kilogramme.

En présence de ces faits on commença à rationner la viande. Par un décret inséré au *Journal officiel*, en date du 28 septembre, on ne doit plus tuer que 500 bœufs et 4,000 moutons, dont le viande ne sera livrée aux consommateurs que par des bouchers ayant étal et qui se seront faits inscrire dans leur mairie respective. Dispositions qui réduisirent la ration de chaque boucher à un demi-bœuf et à trois moutons par jour.

A cette époque, il existait encore à Paris 6,000 porcs vivants, 24,000 bœufs, 150,000 moutons. Ce qui donnait un approvisionnenement d'au moins deux mois. Mais, à raison d'un abatage de 500 bœufs et 4,000 moutons, on n'obtenait que 49 jours de subsistance pour la viande de l'espèce bovine et 38 pour la viande de l'espèce ovine.

En temps ordinaire, la consommation est de 600 bœufs, 130 vaches, 300 veaux, 400 moutons et 300 porcs. Dans les temps difficiles où l'on était, le 28 septembre, il était nécessaire de réduire à un quart cette consommation ou son équivalent, soit 450 bœufs et 3,000 moutons.

C'est en présence de ces chiffres que M. J.-A. Barral se fit le sage interprète de la nécessité : « Que chacun se rationne » s'écriait-il dans un article publié par l'*Opinion nationale*. 500 bœufs, 4,000 moutons, soit 350 kilogrammes par bœuf et 23 kilogrammes par mouton, ou en totalité 267,000 kilogrammes de viande, c'est trop ! En temps ordinaire la consommation de Paris est de 160 grammes de viande. On aurait seulement avec 500 bœufs et 4,000 moutons 1,668,750 rations de 160 grammes. 82 grammes suffisent, soit alors 3,256,097 rations, mais ce chiffre peut être réduit encore sans inconvénient et abaissé à 55 grammes, soit 4,854,545 rations, ce qui permettra d'attendre et de prolonger la défense.

Nous tenons à relater tous ces faits afin de constater d'une manière irréfutable que le Gouvernement de la défense ainsi que le ministre de l'agriculture ont dès le principe été prévenus ; que des hommes autorisés ont fait appel à leur prévoyance, leur ont manipulé la besogne, les ont enfin mis en demeure de bien faire, et que s'il n'ont pas bien fait il faut s'en prendre forcément soit à leur incapacité, soit à une puissance occulte que nous ignorons.

Pendant ce temps, l'inquiétude sévissait partout. Le 4 octobre, on établit un grand nombre de cantines municipales. Le 9, les journaux interpellent vertement le Gouvernement et lui demandent ce qu'a fait la commission des subsistances ? Que sont devenus ses projets ? Quel accueil leur a été fait ? etc.., et le Gouvernement répond à ces réclamations par un décret sur la vente des chevaux destinés à l'alimentation.

Le 10, d'autres plaintes se font entendre : Il s'agit encore des bouchers, qui, sur 1,750 grammes de viande, font effrontément entrer 850 grammes d'os.

Le 13, par un décret, le Gouvernement réquisitionne les bœufs, vaches, moutons et porcs qui se trouvent dans l'enceinte assiégée.

Le 22, enfin, on délivre à la population des cartes de boucherie et dès ce moment commence aux portes des bouchers, charcutiers, tripiers et autres débitants des *queues* lamentables, où on ne parvient à obtenir sa ration qu'après plusieurs heures d'attente.

C'est alors qu'on voit par de longues nuits obscures, des ménagères par millier, se pressant en foule tumultueuse à la grille des étaux de boucherie, perdant un temps précieux, exposant gravement leur santé aux intempéries d'une température froide et humide, ayant pour conséquence un accroissement considérable dans la mortalité et une augmentation prodigieuse dans la population souterraine des cimetières.

Nous reviendrons sur ce grave sujet, parce qu'il a fait partie des souffrances les plus vives de la population de Paris. Nous y reviendrons, surtout, parce que les queues au début n'étaient que des jeux d'enfant, si on les compare à celles qui eurent lieu plus tard chez tous les marchands de denrées alimentaires : bouchers, charcutiers, tripiers, épiciers, chocolatiers, cantines nationales, marchands de bois, marchands de coke et de charbon de terre, etc... etc...

Le 28 octobre, la ration de viande est réduite à 50 grammes par personne et, tandis que les privations de toutes sortes étreignent la population, voici ce que recevait quotidiennement nos prisonniers prussiens :

Pain..........................	500 grammes.
Vin............................	un quart de litre.
Riz............................	100 grammes.
Eau-de-vie...................	un 16e de litre.
Café..........................	16 grammes.
Viande au lard...............	150 grammes.

Nous ignorons comment, à la même date, le prisonnier français était nourri en Allemagne; mais, s'il faut en croire les journaux et les rapports, l'Allemagne n'a pas à se glorifier de ses sacrifices au point de vue de l'alimentation de ceux dont l'existence lui incombait de par la force des choses.

Le 31 octobre, la position devient de plus en plus critique, par un décret inséré au *Journal officiel,* on réquisitionne, pour les blessés, les convalescents et les malades, les poissons de la Marne, de la Seine, du canal Saint-Martin et des lacs du bois de Vincennes et de Boulogne.

Du 1ᵉʳ au 13 novembre, le silence se fait, mais à cette dernière date on lit, dans le *Temps,* la note ci-après : « Nous avons du pain jusqu'au 15 janvier, mais la viande fraîche nous fera défaut dans une dizaine de jours. Le cheval dont la viande va être rationnée, nous mènera jusqu'au commencement de décembre, ajoutons à cet inventaire une semaine de viande salée. »

Le *Temps* est encore la feuille la plus consolante, les autres nous offrent un avenir plus menaçant, un horizon plus chargé d'éclairs. Puis comprend-t-on qu'à Paris, au 1ᵉʳ novembre, on ne puisse disposer que d'une semaine de viande salée. Il n'y avait donc plus en France d'économistes, d'industriels, de gouvernants ? Jusqu'où allait donc l'impéritie de tous ces hommes qui s'étaient emparés du pouvoir ? Une semaine de viande salée pour une ville comme Paris, pour une capitale de deux millions d'âmes ! Mais pendant les quinze jours qui ont précédé l'investissement, il eût été facile, très-facile même, d'en emmagasiner pour 2 ou 3 mois.

Le 21 novembre, on constate un fait : c'est qu'à mesure que l'approvisionnement de la viande diminue la consommation des légumes augmente. Les feuilles publiques affirment un point essentiel : c'est que les légumes ne feront pas défaut, qu'à ce point de vue, il ne peut y avoir de disette, mais elles constatent, en même temps, que les spéculateurs et les marchands en détail profitent de la situation pour élever outre mesure le prix des produits. Elles réclament enfin pour que le Gouvernement de la défense nationale s'interpose, établisse la taxe des légumes, en fasse même la réquisition, comme il a fait la réquisition de la viande et du blé.

Elles réclament, en outre, la formation de bureaux de dépôt et de vente aux prix d'achats, faits directement aux producteurs.

Le même jour, on découvre dans de vastes caves de la rue Turbigo une très-grande quantité de formes de fromage de Gruyère. On constate également que les provisions de bougies vont bientôt faire défaut, qu'il reste peu de chandelles et que l'huile diminue sensiblement.

Le lendemain, c'est-à-dire le 22 novembre, on lisait dans le *Moniteur universel*, journal quasi-officiel, les lignes suivantes :

« Le 15 novembre, le Gouvernement de la défense nationale disposait des ressources alimentaires suivantes, calculées sur un rationnement journalier de 100 grammes de viande ou équivalent alimentaire pour deux millions de consommateurs : Viande fraîche (bœufs et vaches), 23 à 28 jours. Viande fraîche à provenir de 30 à 35,000 chevaux que le gouvernement peut prélever par voie de réquisition, et sans trouble pour les services publics, sur les 75,000 chevaux existant à Paris, 40 à 45 jours. Viande salée, 20 jours. Morue, poissons secs, 10 à 12 jours. Par suite, l'alimentation de Paris est assurée en viande fraîche, en viande salée, poissons et morue, pour 90 à 105 jours.

« En outre, le gouvernement peut disposer d'un stock considérable en fromage. Il a des farines pour pourvoir à la consommation de six mois au moins.

« Les provisions de riz, de sel, d'huiles à manger et à brûler, de café, de chocolat, de pâtes, etc... peuvent satisfaire à une consommation de cinq mois au moins.

« Les vins et spiritueux emmagasinés correspondent à un emploi de 10 à 12 mois. Enfin, l'industrie privée a réalisé des approvisionnements très-importants en épices, conserves, de toutes sortes. Elle dispose d'un stock considérable en viandes fumées, graisses, jambons, salaisons diverses, auxquels, depuis le commencement du siége, elle ne cesse d'ajouter, par la manipulation intelligente de tous les abats (viande, tendons, sang, os, etc.), des animaux de boucherie.

« En résumé, l'alimentation de Paris se trouve assurée pour 4 à 5 mois au moins. On y a mangé de l'âne, du mulet, voir même des chats et des rats, parce qu'on a voulu en goûter et nullement par nécessité. »

L'expérience nous a démontré que toutes les affirmations du *Moniteur universel* étaient complétement fausses. Ce journal avait donc reçu des ordres, dans le but de calmer, par des chiffres mensongers les inquiétudes de la population. Voilà, suivant nous, où l'indignité commence. Mais cette indignité à qui incombe-t-elle? Est-ce à la rédaction du *Moniteur universel*? Il fallait alors supprimer cette feuille, comme on en a supprimé d'autres. Est-ce au Gouvernement de la défense? Qui, pour voiler ses fautes, s'abaissait à cacher la vérité; alors, nous dirons que dès ce moment, il avait perdu tout sentiment de patriotisme. Nous le répétons, il valait mieux garder le silence.

D'ailleurs, et constatons-le, personne n'a été dupe des affirmations du *Moniteur universel*, nous en trouvons la preuve dans une note, dont voici à peu près les termes, portant la date du 23 novembre etreproduite par tous les journaux :

Il est évident aujourd'hui que la famine est l'auxiliaire sur lequel comptent le plus les Prussiens. Si donc, par un rationnement sévère, suffisant cependant pour nous maintenir parfaitement valides, nous pouvons assurer pendant deux mois, par exemple, l'alimentation en viande fraîche, il est hors de doute que, par cela même, nous détruisons en grande partie les calculs de l'ennemi.

Que, dès le début du siége, on ait hésité devant ces mesures rigoureuses, nous le comprenons jusqu'à un certain point; mais, après l'expérience faite durant ces deux mois, nous ne pouvons nous expliquer comment on n'a pas réduit immédiatement le rationnement au minimum. Nous ne croyons pas nous tromper en disant que, loin d'être alarmée, la population de Paris se fût sentie rassurée et encouragée dans ses résolutions énergiques si, se sachant à l'abri d'une attaque de vive force, elle apprenait du gouvernement qu'elle pouvait, au prix de quelques privations, être, pendant deux mois au moins, à l'abri de la famine.

Il ressort d'une manière flagrante de tout ce qui précède que, depuis le 4 septembre, le gouvernement n'a pas cessé un seul instant d'être mis en demeure de prévoyance, et que, ni la Municipalité, ni le Ministre de l'agriculture ne se sont émus des sages avertissements qui leur ont été prodigués à profusion.

Une autre preuve de la fausseté des assertions du *Moniteur universel*, c'est que trois jours après, c'est-à-dire le 25 novembre, le gouvernement décrétait le recensement général de tous les chevaux, ânes et mulets existant à Paris et dans la banlieue ; ajoutant qu'à partir du 1er décembre, il ne pourra être vendu ni cheval, ni âne, ni mulet, sans que le vendeur en ait fait au préalable notification à la mairie dans laquelle l'animal a été recensé.

Pendant ce temps, on vendait dans les boucheries la viande de cheval 1 franc la livre !

Aux Halles centrales, le gouvernement faisait vendre des pommes de terre à 2 francs le décalitre, tandis que, dans le commerce, elles se vendaient 5, 6 et 7 francs. Mais, dans ce seul dépôt de la halle pour tout Paris, on ne parvenait à obtenir *un numéro d'ordre* qu'après une queue de 10 heures, et un décalitre de pommes de terre, le lendemain, qu'après une queue de 4 à 5 heures. Cette distribution du précieux tubercule ne dura que quelques jours.

Le 27, nous constations, nous-même, la physionomie des différents marchés de la capitale. A celui de Saint-Maur-Saint-

Germain, nous vîmes vendre trois feuilles vertes de chou 75 centimes, et une petite carotte 1 franc. Partout l'air moqueur et l'insolence des marchands envers les ménagères excitaient notre indignation. Nous nous demandions comment et pourquoi le gouvernement n'adoptait pas, pour les légumes, les épiceries, le vin, les mesures que la cupidité des bouchers avaient rendues indispensables, comme s'il avait cru trouver plus de conscience et de loyauté chez les premiers commerçants que chez les derniers. Une réquisition générale, pensions-nous, pouvait seule obvier à l'accaparement et à l'avidité du commerce, au rançonnement des ménagères dont les maris et les enfants veillaient sur les remparts.

Mais le gouvernement restait sourd aux avertissements de la presse et des économistes. Il s'endormait dans une coupable inaction, et dès ce moment, nous fûmes obligés de reconnaître qu'on nous avait, par une coupable impéritie, fait follement manger notre pain blanc le premier.

Ce même jour, 27 novembre, le *Journal officiel* dénonçait un fait atroce, surtout dans une ville assiégée : *La nourriture des chevaux avec le pain de l'homme.* Le fait nous était connu dès le premier du même mois, nous l'avions dénoncé sans résultat. Quelques jours auparavant, la Société centrale d'agriculture, ayant constaté que la nourriture d'un cheval coûtait 9 francs par jour, avait préconisé le remplacement de l'avoine et du foin par du pain.

Le fait de l'insertion de cette note au *Journal officiel* nous prouve surabondamment que le gouvernement savait parfaitement ce qui se passait. Il savait également, aussi bien que nous, que les accapareurs de volailles, les éleveurs de lapins, nourrissaient grassement dans leurs caves tous ces animaux de basse-cour, qui plus tard devaient être revendus au poids de l'or aux consommateurs fortunés. Il n'ignorait pas que chaque livre de pain donnée aux chevaux et autres animaux était autant de munitions qu'on enlevait à la défense et autant

de jours qu'on retranchait du siége de Paris. Il y avait urgence
de rationner et de taxer de suite, sans coup férir, les denrées alimentaires, de faire, enfin, ce qui a été fait aux derniers moments, d'arrêter le gaspillage, les odieuses spécu-
lations, faire en sorte, enfin, que la nourriture ne devienne
pas un objet de luxe, à l'usage des millionnaires seulement.

Le gouvernement signala lui-même le fait à l'indignation
publique, mais il n'y mit pas d'obstacles. Il laissa faire et
passer. Après une Chambre subissant le mandat impératif de
par les candidatures officielles, après la lâche reddition de
Sedan, après celle de Metz, que nous ne pouvons encore
juger sciemment, voici l'incurie du gouvernement républicain, de ce gouvernement dont l'incapacité nous a conduit à
la ruine. En effet, malgré la note du 27 novembre, insérée
au *Journal officiel*, on ne prend aucune mesure pour arrêter
la délapidation des subsistances : les chevaux, les vaches
laitières, les volailles, les lapins sont clandestinement nourris
avec du pain, si bien que, en décembre, la consommation
de cette denrée alimentaire, qui prime toutes les autres,
atteint un chiffre supérieur à celui des mois les plus consommateurs des temps de paix. Jamais, à Paris, la consommation n'a englouti autant de pain qu'en décembre 1870.

Le 5 décembre, les queues continuent plus actives aux
portes des boucheries et des plaintes nombreuses sont
adressées aux différents organes de la presse. Le favoritisme
se glisse jusque derrière les étaux. Les amis des préposés
au visa des cartes se font servir sans numéro d'ordre. On
nous dira peut-être que les abus étaient difficiles à réprimer,
nous ne l'ignorons pas. Mais, quand le délit peut être
constaté, il doit être puni et jamais, que nous sachions,
aucun délit de ce genre n'a fait l'objet d'une condamnation
judiciaire. Encore ici la Municipalité ne devait-elle pas
faire sentir la main de justice.

Ce même jour et les jours suivants, les queues se multiplient.

On fait queue pour le coke, pour la morue, pour le fromage, pour les pommes de terre, pour l'épicerie, pour la viande, le temps n'est pas éloigné où on fera queue pour le pain. Les épiciers mettent de la gélatine dans leur marmelade et font des confitures de groseille avec de la betterave rouge et des confitures d'abricots avec du potiron, puis ils vendent ces impures fabrications, qui leur reviennent à 30 ou 40 centimes la livre, 3 francs 50. Toutes les autres denrées augmentent en proportion. La fraude se glisse partout, elle pénètre même sous la tente du soldat. Ce n'est pas la viande seule qui est rare pour le soldat, comme pour tous les autres citoyens, le vin lui-même ne lui est remis que sensiblement diminué ; le demi-setier est rarement complet, il en est de même de l'eau-de-vie et des autres denrées alimentaires.

Le 11 décembre, le journal *l'Ami de la France* signale qu'on distribue journellement en moyenne et d'une manière illégale 500,000 rations. Cette feuille n'accuse seulement pas l'incurie de l'administration, mais aussi, et plus particulièrement, la rouerie de certains particuliers qui ne craignent pas de s'engraisser aux dépens des gens de bonne foi et des indigents.

Le lendemain, des bruits sinistres circulent dans Paris à propos du rationnement du pain et, le 13, voici la proclamation que le gouvernement adresse aux habitants :

« Hier des bruits inquiétants, répandus dans la population, ont fait affluer les consommateurs dans certaines boulangeries. On craignait le rationnement du pain. *Cette crainte était absolument dénuée de fondement. La consommation du pain ne sera pas rationnée.*

« Le gouvernement a le devoir de veiller à la subsistance de la population ; *c'est un devoir qu'il remplit avec la plus grande vigilance.* Nous sommes encore *fort éloignés* du terme où les approvisionnements deviendraient insuffisants.

« La plupart des siéges ont été troublés par *des paniques*. La population de Paris est trop intelligente pour que ce fléau ne nous soit pas épargné. »

Comme on le verra plus loin il y a dans la rédaction de cette circulaire des affirmations complétement fausses, car un mois plus tard le pain devait être rationné, et quel pain? et quel rationnement? Les craintes du 12 décembre n'étaient donc pas dénuées de fondement, mais ces craintes n'ont jamais ressemblé à une panique, il y a donc dans cette proclamation une affirmation qui s'éloigne de la vérité et une appréciation exagérée.

Depuis le commencement de décembre le stock des farines diminuait rapidement, et on songea alors à l'établissement des moulins, afin d'attaquer les approvisionnements en grains. Le 13 décembre, le Ministre de l'agriculture faisait grand bruit d'une visite qu'il rendait à la gare du Nord, à l'effet d'assister à la mise en train de nouveaux moulins à blé. A l'usine Cail un grand nombre de paires de meules fonctionnaient déjà depuis longtemps et d'après les rapports donnaient d'excellents résultats. Il résulte donc de ce document que le stock EN GRAINS, enfermé dans Paris depuis l'investissement ne dépassait pas un mois d'alimentation normale, puisque le pain manquait le 28 janvier et que, pendant le dernier mois, le pain était non-seulement rationné, mais composé d'orge, de riz et d'avoine.

Ce même jour, on lisait dans le *Rappel* l'entrefilet suivant qui ne pouvait être que le résultat de fausses informations, comme du reste l'expérience l'a prouvé plus tard :

« Paris consomme par jour 6,500 quintaux métriques de blé. Nous avons en magasin 58,500 quintaux métriques, c'est-à-dire du pain pour trois mois. Sans compter 50,000 quintaux de farine qui nous aideront à attendre le 22, jour où nous aurons assez de meules pour moudre la quantité de blé qu'il faut à notre pain quotidien. »

Enfin, le 16, un rapport officiel du gouvernement, venait encore appuyer ces chiffres. Seulement quelques symptômes d'inquiétude caractérisent ce document, sinon au point de vue de la quantité, au moins au point de vue de la qualité du pain.

La population d'après ce rapport ne doit avoir aucun sujet de préoccupation en ce qui touche le rationnement. « Le pain y est-il dit, ne sera pas rationné. La quantité quotidienne vendue n'a pas variée depuis le commencement du siége et rien ne fait prévoir qu'elle doive être diminuée. Il n'y aura de différence que sur la qualité.

« Le plus grand intérêt de la défense étant de prolonger autant que possible la résistance de Paris, le gouvernement, sûr de répondre en cela à la volonté de tous les citoyens, a résolu qu'aussitôt après le délai nécessaire pour écouler les quantités existantes, il ne serait plus vendu ni distribué dans la ville que du pain bis. Ce pain est nourrissant, agréable au goût et sans aucun inconvénient pour la santé. Nos paysans n'en mangent pas d'autre, même dans les départements les plus favorisés. Il va sans dire que le pain sera de qualité uniforme pour tous les consommateurs et qu'aucune exception ne sera tolérée.

« La viande ne nous manque pas. Il en sera distribué tous les jours dans les boucheries municipales, sans réduction d'aucune sorte sur les quantités actuellement distribuées. *Le pain et la viande, c'est-à-dire la double base de l'alimentation sont assurés.* La situation est donc satisfaisante. On peut dire qu'elle est inespérée après trois mois de siége.

« Ces résultats sont dus, en majeure partie, à la sagesse et au patriotisme de la population, aussi résignée devant les privations qu'elle est héroïque devant le péril. *Nous avons tous juré que rien ne nous coûterait pour sauver le pays et nous y parviendrons à force de calme, de vigilance et de courage.* »

Hélas ! hélas ! que de promesses, que d'affirmations qui ne devaient pas se réaliser, et qui, du reste, laissaient la partie vraiment intelligente et pensante de la population dans le doute, surtout en présence des tiraillements incessants auxquels le peuple de Paris se trouvait continuellement en but, de la part de certains industriels, n'exhibant leurs réserves que peu à peu et avec une augmentation croissante des prix. Conduite indigne, qui motivait de la part du journal *l'Ami de la France* une proposition que cette feuille soumettait à la sanction du gouvernement et qui, comme dix mille autres propositions, ne fut pas prise en considération par l'aréopage de la défense, peut-être solidaire de la conduite du gouverneur de Paris, peut-être trompé par lui. Nous l'ignorons ! mais c'est ce que l'histoire nous apprendra plus tard.

Voici, en tous cas, le texte de la proposition faite par *l'Ami de la France*, à la date du 15 décembre 1870.

1° Exiger des détenteurs de toutes denrées alimentaires la déclaration des quantités qui leur reste à vendre. Il est facile de les trouver, pour cela il suffit que chaque mairie consulte le rôle des patentés.

2° Faire tenir un registre de vente, avec indication des noms, des achats et des quantités vendues ; surveiller la tenue du registre et la vente, et faire fermer la boutique ou le magasin aussitôt que la quantité déclarée aurait été vendue ; ce qui serait constaté par le livre de vente.

3° Ne laisser rouvrir une boutique de vente qu'en exigeant la déclaration de la quantité de denrées à vendre et de sa provenance.

4° Engager les acheteurs à signaler aux commissariats de police les marchands coupables de vendre à des prix exagérés.

5° Édicter des peines sévères contre tout contrevenant à ces dispositions et confisquer toute marchandise qui ne serait pas déclarée.

Ce que nous disions à propos de l'énorme consommation du pain pendant le mois de décembre, trouve sa confirmation dans la circulaire de M. Ferry, en date du 16 décembre, circulaire adressée aux maires des vingt arrondissements de Paris :

« Les livraisons de farine, dit M. Ferry, faites dans la journée du 12 au 13 décembre, ont été de 25,000 quintaux; c'est le double des livraisons ordinaires. Une augmentation aussi forte ne peut s'expliquer que par des manœuvres coupables ou par une panique imprudemment propagée. Comme répression, le maire de Paris réclame l'exécution des mesures suivantes :

« Interdiction de la vente des biscuits et farines. Exhibition et pointage des cartes de boucheries ou d'alimentation par les acheteurs de pain, qui ne doivent être admis à s'approvisionner au delà de leur consommation habituelle, etc., etc.»

Voilà qui est fort bien ! mais si M. Ferry eut été réellement un administrateur comprenant bien la position, voilà ce qui eut dû être fait le 1er octobre, sinon avant, et non le 16 décembre, au moment où il était trop tard.

Il était trop tard, non-seulement pour le pain et la viande, mais encore pour toutes les autres denrées. A cette même date on nous disait bien que les chantiers légumiers établis dans l'avenue Daumesnil et les rues de Reuilly et de Charonne, par l'initiative de M. Joigneaux, promettaient d'heureux résultats. Qu'on y remarquait des radis, des salades, des oignons, des poireaux, de l'oseille, des épinards et des..... carottes ! Que ces légumes allaient être livrés à la consommation vers la fin de décembre au prix de revient, et que si nous possédions du pain, du riz, de la viande pour longtemps encore, les légumes ne devaient pas nous faire défaut.

Ces légumes sont encore à venir. Nous avons bien aperçu dès les premiers jours de février des laitues à trois feuilles provenant de ces remarquables cultures, mais se vendant 50 à 60 centimes la pièce, soit pour une petite salade de deux personnes, une dépense de 3 à 4 francs. Est-ce ainsi, nous le demandons, qu'on doit faire de l'alimentation pratique ? et ne vaut-il pas mieux garder le silence que de promettre ce qu'on ne peut tenir ?

C'est malheureusement l'histoire tout entière du siége de Paris. Des promesses, des espérances puis.... du vent ! Certes si la *moitié* de ces promesses se fussent réalisées, nous n'en serions pas réduits, au moment où nous écrivons ces lignes, à entendre les bruits qui nous arrivent des Prussiens pénétrant dans Paris. Nous n'en serions pas réduit à nous souvenir des sacrifices pécuniaires faits par la population pour se procurer des canons et des armes, pour dire quel a été son héroïsme et son courage, jusque sur les hauteurs de Montretout et de Buzenval, où, sur 100,000 hommes, 85,000 sont restés l'arme au pied pendant une journée entière, attendant des ordres qui n'arrivaient pas !.... qui n'arrivèrent pas ! tandis que 15,000, tout en se faisant massacrer, jetaient l'épouvante dans le camp ennemi de Versailles. Nous ne pouvons en vouloir à nos vainqueurs, puisque bénévolement *on leur a donné la victoire.* Mais qu'il nous soit permis de protester hautement contre la conduite incompréhensible, à *l'heure qu'il est,* du Gouvernement de la défense nationale, non-seulement au point de vue de son plan, mais particulièrement au point de vue des mesures prises par lui au sujet des subsistances.

En effet, dès le 20 décembre, le *Journal officiel* déclarait par la note qu'on va lire la tristesse de la situation et implicitement s'accusait d'avoir toujours caché la pénurie dans laquelle se trouvait l'alimentation publique :

« Les hommes de science qui, il y a quelques années, ont préconisé pour l'alimentation l'usage de la viande de cheval, dont nous retirons aujourd'hui de si grands avantages, se sont occupés dans ces derniers temps de la consommation des viandes de chien, de chat et de rat, et se sont accordés à reconnaître que la chair de ces animaux, quand elle est convenablement préparée, peut être mangée sans le moindre inconvénient. Toutefois, en ce qui concerne la viande des rats, ils recommandent de la soumettre à une cuisson portée et maintenue pendant un certain temps à la température de l'eau bouillante, pour détruire les germes de *trichinose*, qui ont été parfois observés chez ces animaux. Quelques personnes plutôt par fantaisie que par nécessité, ont eu recours à l'appoint d'approvisionnement qui leur est offert par ces comestibles d'un nouveau genre,dont le commerce n'est d'ailleurs prohibé par aucun règlement. »

Ainsi donc, les savants se prononcent en faveur de la consommation des rats, des chats et des chiens. Le sport en est réduit à ces trois espèces de gibier. Aussi, à cette époque ne rencontrait-on dans les rues de Paris que têtes et peaux de chats et de chiens. Jusqu'à la fin du siége, les races canines et félines surtout, ont été largement mises à contribution et plus de la moitié de cette population animale a rapidement disparue. Sans préjudice, bien entendu, des maladies qui en sont résultées et qui eurent pour conséquence une notable augmentation dans le chiffre des décès.

Le jardin d'acclimatation, ainsi que le Muséum livrèrent les éléphants, les chameaux, les zèbres, les hémiones, les cerfs, les antilopes, les oryx, les bisons, les buffles et autres animaux dont ils purent disposer. Encore des faits qui viennent contredire les assertions mensongères des rapports du Gouvernement de la défense nationale.

Quelques timorés élevèrent la voix, firent part de leurs craintes sur la disette prochaine et particulièrement sur la pénurie des grains et farines. Le 29 décembre, le gouvernement répondait à ces *trembleurs* : « Les grains et les farines abondent.

« Les farines provenant de nombreux moulins à vapeur

récemment établis, sont accumulés à la halle au blé, d'où elles sont ensuite transportées chez les différents boulangers de la ville. C'est surtout à la halle au blé qu'on peut juger de l'*immensité* de nos ressources : galeries circulaires, sous-sols, greniers, salle de la coupole, tout regorge de sacs de farine. A ceux qui pourraient redouter la prochaine apparition de la famine, nous conseillons d'aller contempler ce spectacle rassurant, leurs appréhensions seront bien vite calmées. »

A cette même date, le combustible manquait complétement. La ménagère n'avait plus ni bois, ni coke, ni houille, pour faire cuire sa maigre ration de cheval. On s'adressa alors, tout naturellement, au Ministre de l'agriculture, M. Magnin, qui répondit grotesquement, par le *Journal officiel*, à ces justes réclamations : « Que l'examen des demandes de cette nature ne rentrait pas dans les attributions de son ministère, que néanmoins il s'empressait de transmettre aux administrations compétentes celles qu'il a déjà reçues, en engageant les personnes, qui auraient à l'avenir de pareilles demandes, à les adresser à la mairie de Paris pour ce qui concerne le combustible destiné aux usages domestiques ou aux industries privées. »

Qu'on remarque que ceci se passait par 10 et 12 degrés de froid.

Les réclamants s'adressèrent à l'Hôtel de ville. Là, il leur fut répondu qu'ils devaient s'adresser à leur mairie respective. MM. les maires firent savoir alors qu'on allouerait un cent de bois à tout citoyen, sur la présentation de sa carte de boucherie. Celle-ci exhibée, les employés répondirent grossièrement aux demandeurs : « Qu'ils avaient bien autre chose à faire que de s'occuper de leur avoir du bois. »

Et, pendant ce temps, le Gouvernement de la défense nationale, mangeait force pain blanc, force viande fraîche, buvait de bon vin de Bordeaux, se chauffait largement avec des bûches de chêne de premier choix, sans se préoccuper de la population aux abois, ni des abus qui résultaient d'une administration incapable et inactive.

Le 31 décembre, la veille de l'année 1871, on lisait dans les journaux, sans doute à titre d'étrennes, les bonnes nouvelles suivantes :

« Vous souvenez-vous de cette grande panique qui se produisit il y a quelque temps au sujet du pain ? Comme on est revenu des craintes qu'on avait eu alors. Aujourd'hui les magasins *regorgent* de farines ; la mouture du blé est poussé avec la plus grande activité. L'usine Cail peut, à elle seule, moudre 3,000 quintaux de blé par jour, c'est la moitié de la consommation de Paris. On le voit donc bien, nous ne sommes plus au moment de manquer de pain. La farine produite chaque jour est supérieure à la consommation. Quant au blé, nous en avons d'immenses approvisionnements. Nous pouvons *affirmer* que nous avons du pain assuré pour deux mois, au moins, avant que l'administration ne se voie obligée de recourir au rationnement. On nous, assure d'un autre côté, qu'il y a au moins pour deux mois de viande de cheval et que, sans compter les bœufs employés au service de l'armée, il y a encore à Paris, 4,000 vaches laitières. Il est question, il est vrai, de réquisitionner le vin. On voudrait, par là, arrêter la spéculation qui pèse si lourdement sur le pauvre. »

Ou ces nouvelles étaient fausses, ou elles étaient vraies. Si elles étaient fausses, il était du devoir du gouvernement de les démentir, de prendre des mesures énergiques, et de ne pas, comme on l'a fait brusquement quelques jours plus tard, livrer à la consommation, du pain rationné à 300 grammes par tête, et d'une qualité telle que les chiens le refusaient. Si elles étaient vraies, alors nous avons indignement été trahis. On nous a livré à l'ennemi le 28 janvier avec des magasins encore remplis de farine, et on nous a rationné le 18 du même mois, afin d'abattre notre courage et de nous acheminer lentement vers une indigne capitulation. Sortir de ce dilemme nous semble chose impossible. Nous en trouvons du reste la preuve dans le silence coupable de l'administration.

A côté de cet état, soi-disant prospère, le prix des aliments de toutes sortes prenait des proportions colossales, surtout à 'occasion du premier de l'an; et cependant, ce jour-là, les accapareurs exposèrent effrontément à l'avidité publique, des denrées depuis longtemps cachées. Du reste, pour ne pas revenir sur cette question, nous allons donner dans le tableau suivant le prix maximum des aliments, tels qu'ils se sont vendus pendant le courant de janvier. On jugera par ces chiffres combien le gouvernement, en négligeant d'établir une taxe, a été coupable, ou combien au moins il a eu tort de compter sur la conscience et le patriotisme des commerçants. Le trafic honteux des denrées alimentaires a été, suivant nous, une des causes des malheurs qui accablent actuellement la France.

	fr.	c.
500 grammes de lard ont été vendus	25	»
500 grammes de jambon	50	»
500 grammes de beurre frais	60	»
500 grammes de beurre végétal, mélange de coco et graisse	18	»
500 grammes d'huile d'olive	30	»
500 grammes de saucisson de cheval	8	»
500 grammes de boudin de cheval	6	»
500 grammes de hure de cheval	8	»
500 grammes de saucisson, bœuf et porc	12	»
500 grammes de viande de chien	8	»
1 œuf frais a été vendu	3	»
1 poule a été vendue	50	»
1 oie a été vendue	150	»
1 poulet a été vendu	60	»
1 coq a été vendu	70	»
1 dinde a été vendu	109	»
1 canard a été vendu	40	»
1 pigeon a été vendu	18	»

<pre>
                                                        fr. c.

1 corbeau a été vendu   6   »
1 passereau a été vendu.....................   1   »
1 lièvre a été vendu   80   »
1 lapin a été vendu.........................   60   »
1 cervelle de mouton a été vendue...........   6   »
1 chat a été vendu   25   »
1 rat a été vendu...........................   3   »
1 pâté de lièvre de 500 grammes a été vendu ...   75 »
1 pâté de volaille a été vendu..............   50   »
1 pâté de bœuf et porc a été vendu..........   30   »
1 pâté (en terrine) de filet de cheval a été vendu 25 »
1 boîte ordinaire de sardines a été vendue ...... 15 »
500 grammes de bœuf conservé ont été vendus....   20 »
1 boîte petits pois conservés 500 grammes a été
    vendue.................................   8   »
1 boîte haricots verts conservés, 500 grammes, a
    été vendue.............................   8 80
1 litre de haricots secs a été vendu   8   »
1 chou-fleur a été vendu....................   15   »
1 carotte a été vendue......................   3   »
1 betterave de 500 grammes a été vendue   8   »
1 chou ordinaire a été vendu................   18   »
1 navet a été vendu 2 50
1 pied de céleri a été vendu 2 50
1 escarolle a été vendue....................   2 50
500 grammes de champignons ont été vendus.....   6   »
500 grammes de galantine de cheval ont été vendus 8   »
1 boisseau d'oignons a été vendu............   80   »
1 pied d'échalotte a été vendu..............   1   »
1 tête d'ail a été vendu ....   » 75
1 poireau a été vendu.......................   2   »
1 boisseau de pommes de terre a été vendu.....   50 »
50 kilogrammes de bois ont été vendus..........   12 »
50 kilogrammes de charbon de terre ont été ven-
    dus...................................   15   »
1 boisseau de charbon de bois a été vendu......   6 »
1 hectotitre de coke, valant avant le siége 1 fr. 80,
    a été vendu............................   18   »
500 grammes de sucre ont été vendus...........   3 60
500 grammes de miel ont été vendus............   12   »
</pre>

	fr. c.
500 grammes de chocolat ont été vendus.........	5 »
500 grammes de riz ont été vendus..............	2 »
500 grammes de fromage de Gruyère ont été vendus	30 »
500 grammes de pain en biscuit ont été vendus....	1 50
500 grammes de bouillon, à base de colle de peau, ont été vendus......................	1 »
500 grammes de bouillon (osséine) ont été vendus..	2 50
500 grammes de graisse potagère (suif) ont été vendus.................................	4 »
1 tranche de brochet a été vendue.............	6 »
1 tranche de saumon a été vendue.............	8 »

En présence de ces chiffres, on comprend combien ont dû être durs, pour Paris, les vingt-huit premiers jours de janvier, surtout si l'on ajoute à cela la petite quantité et la mauvaise qualité du pain et de la viande.

Mais, le premier de l'an, les illusions subsistaient encore, elles se produisaient ostensiblement à propos de certaines distributions supplémentaires, *vendues* en guise d'étrennes. Voici à ce sujet la note reproduite par tous les journaux.

« Même après trois mois et demi de siége, quand les Prussiens nous croient affamés, savez-vous ce que l'administration fera distribuer le 1er janvier 1871 à la population parisienne, dans les vingt arrondissements.

DISTRIBUTION ORDINAIRE.

De l'excellente viande conservée au lieu de cheval.
Des haricots secs.

1/2 DISTRIBUTION.

De l'huile d'olive.
Du café vert en grains.
Du chocolat.

« Nous conseillons à M. le Ministre de l'agriculture et du

commerce qui nous fait de si belles étrennes d'envoyer ce menu à M. de Bismark »

Ces étrennes, puisqu'on leur a donné ce nom, ne furent distribuées que du 4 au 7 janvier, avec une inégalité criante et à des prix souvent exagérés. Quelques arrondissements ne reçurent rien. Les plus favorisés payèrent l'huile 4 francs la livre et d'autres 5 francs ; la viande conservée 1 fr. 50 c. d'autres 1 fr. 40. Dans la rue de Turin, des ménagères, après plusieurs heures de queue, se virent délivrer trois tablettes de chocolat au prix de 50 centimes, tablettes de chocolat qui auraient bien coûtées 5 centimes la pièce, soit 15 centimes les trois chez le premier épicier venu. Notons, enfin, que la distribution des haricots, de l'huile, du chocolat, du café et de la viande ne fût faite qu'après cinq longues stations aux queues des bouchers ; chaque objet n'étant donné qu'à tour de rôle et souvent à un ou deux jours d'intervalle.

Nous arrivons ainsi au 18 janvier. A cette date, l'horizon s'obscurcit. Le Gouvernement de la défense nationale semble vouloir frapper un grand coup. Afin de décourager la population ; comment s'y prendre ? On réfléchit en haut lieu, et on se décide qu'il fallait attaquer d'abord les faibles, afin que leurs plaintes puissent réagir sur les forts. On décrète le rationnement à 300 grammes par tête, d'un pain qui n'en avait que le nom, et on ne délivre ce pain que sur des cartes spéciales, après distribution de numéro, et une queue de plusieurs heures. Cet état de choses doit arracher aux femmes et aux enfants des gémissements et des lamentations, qui influençant les défenseurs de la patrie, ne permettront plus à ceux-ci, d'avoir le cœur et le courage nécessaires lorsqu'il s'agira de faire acte de civisme sur les champs de bataille de Montretout et de Buzenval. Ces défenseurs, ébranlés par les plaintes qui s'échappent de leur foyer, ébranlés sur l'avenir de la patrie, doivent déserter le drapeau et permettre ainsi au Gouvernement de rendre le pays, avec des formes sauvegardant son honneur. Tel est le plan qui résulte de l'examen des faits.

Eh bien, non ! Les femmes et les enfants ne se plaignirent pas, ils subirent pendant de longues heures de queue les rigueurs d'une température glaciale et mangèrent leur pain noir, mélange de paille, de balles d'avoine et d'orge sans sourciller ; il se contentèrent de 300 grammes de cette nourriture indigeste, accompagnée de 27 grammes de viande de cheval, avec le stoïcisme et le courage que donne l'amour de la patrie. Le lendemain, les hommes partirent au combat, le cœur joyeux, l'âme satisfaite, la vengeance au cœur, le bras solide.

Ils combattirent en héros, ils se firent massacrer à merci pour cette patrie qu'ils voulaient sauver et c'est ainsi que le Gouvernement de la défense nationale a été trompé dans son indigne attente.

Voici ce précieux document daté du 18 et signé Jules Ferry, nous croyons devoir le donner dans toute sa teneur :

« Le membre du Gouvernement délégué à la mairie de Paris.

« Considérant qu'il est indispensable de régulariser la distribution du pain dans l'intérêt de la défense nationale. Après avoir pris l'avis de l'assemblée des maires qui ont reconnu à l'unanimité la nécessité du rationnement, arrête :

« Art. 1. A partir du jeudi, 19 janvier, les boulangers ne distribueront du pain qu'aux porteurs d'une carte d'alimentation de boucherie ou de boulangerie et dans la mesure indiquée par l'article suivant.

« Art. 2. La ration de pain est fixée à 300 grammes pour les adultes et à 150 grammes pour les enfants au-dessous de cinq ans.

« Art. 3. Le prix de la ration de 300 grammes sera de 10 centimes ; celui de la ration de 150 grammes sera de 5 centimes.

« Art. 4. Les bons de pain de 500 grammes actuellement en circulation donneront droit à une ration de 300 grammes, ceux de 250 grammes à une ration de 150 grammes. Les porteurs de ces bons qui n'auraient pas encore de carte d'alimentation se présenteront aux bureaux de réclamations dont il est question à l'article 9, où la carte de boulangerie leur sera délivrée.

» Art. 5. Les personnes appartenant au département de la Seine ou à d'autres départements réfugiés dans Paris, devront également être munies d'une carte qui leur sera délivrée par le maire de l'arrondissement où elles habitent.

« Art. 6. La clientèle de chaque boulanger sera déterminée par un tableau officiel. Une affiche, apposée dans chaque quartier, indiquera la répartition des habitants par maisons entre les diverses boulangeries du quartier. Du jour de l'apposition des affiches, les habitants ne pourront se fournir à d'autres boulangeries qu'à celles qui leur sont assignées par le tableau.

« Art. 7. Les boulangeries ouvriront à sept heures du matin (1). Il y aura dans chaque boulangerie deux gardes nationaux et deux délégués de la mairie de l'arrondissement.

« Art. 8. Un des délégués détachera le coupon de la carte de boulangerie. Si la carte ne porte pas de coupon, elle sera timbrée ou poinçonnée ; l'adresse et les noms inscrits sur la carte seront copiés sur une feuille spéciale, et un timbre sera apposé à la suite de chaque nom sur une colonne correspondant au jour de la livraison.

« Art. 9. Il sera ouvert dans chaque quartier des bureaux destinés à recevoir les réclamations auxquelles le service de la distribution du pain pourra donner lieu. Ces bureaux seront composés de cinq membres au moins, délégués par la mairie de l'arrondissement. Ils délivreront des cartes de boulangerie aux personnes qui n'en seraient pas munies. Une

---

(1) Jamais le premier pain n'a été délivré avant 9 heures, en commençant par la tête de queue qui stationnait dès 3 ou 4 heures du matin.

affiche, apposée par les soins des maires, indiquera le lieu des bureaux de réclamations.

« Art. 10. Les compagnies de garde nationale de service aux remparts et les bataillons de guerre casernés dans Paris auront le choix de prendre leurs rations dans les boulangeries spéciales désignées à l'avance par les maires d'arrondissement.

« Art. 11. Les délégués des maires chargés d'assister à la distribution du pain feront chaque jour, au plus tard avant 5 heures, un rapport à la mairie sur la quantité de pain délivrée, le montant de farines reçues et à recevoir et sur l'excédant ou le déficit qui se sera produit.

Art. 12. Le colportage du pain à domicile est absolument interdit.

Art. 13. Toute fraude dans les déclarations, tout usage de cartes d'alimentation de boucherie ou de boulangerie obtenues à l'aide de déclarations frauduleuses sont passibles des peines édictées par les articles 160 et 161 du code pénal.

« Paris, 18 janvier 1871.

JULES FERRY.

Après ce premier acte de la faim organisée, vient le deuxième acte de la défaite sans combat et de l'intimidation. Voici à ce sujet le rapport Trochu, en date du 20 janvier.

« Mont-Valérien, 20 janvier 1871, 9 h. 30 matin.

« Gouverneur à général Schmitz, au Louvre.

« Le brouillard est épais. L'ennemi n'attaque pas, j'ai reporté en arrière la plupart des masses qui pouvaient être canonnées des hauteurs, quelques-unes dans leurs anciens cantonnements.

« Il faut à présent parlementer d'urgence à Sèvres pour un armistice de deux jours qui permettra l'enlèvement des blessés et l'enterrement des morts (1). Il faudra pour cela du temps, des efforts, des voitures très-solidement attelées et beaucoup de brancardiers. Ne perdez pas de temps pour agir dans ce sens. »

Ce rapport nous rappelle, bien malgré nous, des paroles de MM. Trochu et Picard, dites au début de la campagne :

« Trochu. La résistance n'est qu'une folie héroïque.

« E. Picard. On se défendra pour l'honneur, mais tout espoir serait chimérique. »

Tirons un crêpe sur ce triste tableau et reprenons le cours de notre récit.

Il faut frapper fort, le temps presse et ce même jour, 19 janvier, on réquisitionne les blés de semence, emmagasinés dans le périmètre de la défense. La déclaration des dépositaires doit être faite dans le délai de trois jours, sous peine de confiscation, de 1,000 francs d'amende et de trois mois de prison.

Un arrêté du maire de Paris, portant la même date, ordonne des réquisitions au domicile de toutes les personnes absentes à l'effet de rechercher les combustibles, les comestibles, les denrées et les liquides de toute nature qui peuvent s'y trouver.

Ainsi, dix-neuf jours auparavant, nos greniers *regorgeaient* de blé et de farine. Nous en avions pour deux mois, nous avions également pour deux mois de viande, sans compter les réserves particulières et les aliments subsidiaires, puis spontanément nous tombons en pleine disette. Est-ce croyable ?

Le sucre, comme nous l'avons signalé dans notre tableau

---

(1) Le 19, à 5 heures, les morts et les blessés étaient intégralement ramassés de dessus le champ de bataille. Le soir un nombre considérable de chariots et voitures d'ambulances rentraient à Paris à vide. Ce fait prouve surabondamment que M. Trochu ne connaissait même pas la situation et qu'il regardait du Mont-Valérien le combat par le gros bout de sa lunette.

du prix extrême des denrées, s'élève à 3 fr. 60 c. Un décret du 20 janvier taxe le sucre à 2 francs le kilogramme à la vente en détail. Ceci a peu d'importance au point de vue général, mais en a au point de vue du semblant de sollicitude que le gouvernement *semblait vouloir* apporter au bien-être des masses.

Le même jour, les journaux constataient une augmentation considérable dans la mortalité. « Cela s'explique, disait-on, par le mauvais régime auquel nous sommes soumis et par les angoisses et chagrins que nous éprouvons. La variole qui ne durait qu'une année, comme épidémie, persiste à sévir. »

Le 25, on lisait dans *Paris-Journal* que la ration du pain allait être portée à 400 grammes, et que moyennant le mélange de l'avoine, du riz, de l'orge, du seigle et du son, il y aurait du pain pour la population parisienne, avec les quantités actuellement en magasin, jusqu'au 15 mars, à raison de 400 grammes par personne, sans parler de ce qui pourrait être ultérieurement découvert. Nous affirmons le fait disait le signataire de l'article « De la façon la plus formelle. »

Le *Journal officiel* n'a pas en effet démenti *Paris-Journal*, donc le fait était vrai! Donc nous nous sommes rendus en possédant encore des éléments d'alimentation.

Il y a en outre, ajoutait la même feuille, en biscuits dans les magasins de l'Etat, un approvisionnement qui répond à environ quinze jours de la consommation parisienne. Sans parler des viandes cuites et conservées dans des boîtes qui existent en quantités considérables ; en laissant de côté les fromages, jambons, légumes secs et conserves, et les salaisons très-importantes, les riz, les pâtés, il y a pour plus de quarante jours de cheval frais, sans sacrifier les besoins que l'artillerie et les divers services de l'armée ou des ambulances ont de chevaux vivants.

Nous ne parlons pas non plus de la petite quantité de bœufs et de vaches qui nous restent pour les malades, les enfants, etc…, non plus que des volailles, œufs et autres denrées de luxe.

Un recensement, fait le 25 janvier, démontrait qu'il existait encore à Paris 15,000 balles de cacao, représentant un poids d'un million de kilogrammes. Or, le cacao n'entrant que pour deux cinquièmes dans la composition du chocolat, il était dès lors facile de fabriquer deux millions et demi de cette excellente denrée alimentaire.

En même temps, la pénurie du bois était de plus en plus grande. Dans le IXe arrondissement, le manque de combustible devenait une véritable calamité. Il est vrai de dire qu'aux réclamants le maire, M. Desmarest, répondait par de forts beaux discours, mais, comme le faisait observer très-judicieusement le journal la *Liberté*, le 26 janvier, ce n'est pas avec les phrases du maire, quelques chaudes qu'on les suppose, que les personnes privées de bois pourront faire cuire leurs aliments et se chauffer.

Au milieu de cette lamentation générale, le caractère gaulois reprenait souvent le dessus, passait du grave au doux, du sévère au plaisant. C'était, par exemple, une représentation au théâtre des Délassements-Comiques, représentation pendant laquelle se tirait une tombola gratuite, composé des lots suivants : Un filet de bœuf, un hareng-saur, des œufs, du sucre, du café, du fromage, des cigares, du chocolat et plusieurs autres substances alimentaires. Les artistes eurent du succès, mais moins peut-être que la tombola.

C'était un entrefilet du *Figaro* sur la race canine et féline, entrefilet ainsi conçu :

« Il y a chiens et chiens au point de vue de l'alimentation. Aux halles, c'est le terre-neuve qui tient la corde. L'épagneul est fort estimé, lui aussi. On fait peu de cas du barbet qui est coté à un prix très-bas ; le barbet ne jouit pas d'une grande faveur. Quant au bouledogue, dont la viande est dure, paraît-il, on l'a presque pour rien, c'est-à-dire pour trois francs la livre. Des chiens-loups, des king-charles et d'autres chiens de petite espèce, on n'en parle pas ; il y a beaucoup d'os et peu de chair.

« Les chats font prime, les matouts surtout, car les femelles sont trop maigres, à cause des chagrins de cœur motivés par les enlèvements des maris, qui se font tous les jours sur une vaste échelle. Les maîtresses de ces intéressants animaux se pressent autour des étalages pour reconnaître les pauvres bêtes qui faisaient le bonheur de leur vie, et pour les faire embaumer, ne pouvant les faire empailler. Elles les achètent à des prix fous et croient emporter le chat qu'elles ont si souvent caressé : Il n'y a que la foi qui sauve.

« Les rats se vendent sous le manteau. Ils sont garantis sains et purs, et n'ont jamais eu de trichine, d'après des certificats émanés d'hommes compétents. »

Ainsi en France, dans les moments les plus critiques, les rires se mêlent souvent aux larmes ; les grandes joies coudoient les profondes douleurs. Il n'y a réellement pas de solidarité nationale, comme chez les autres peuples d'Europe. C'est là justement ce qui fait notre faiblesse et la supériorité de nos voisins.

Nous arrivons ainsi au 27 janvier. Déjà des bruits d'armistice se répandent dans la population et ces bruits ont, pour conséquence immédiate, de faire affluer sur les marchés des objets d'alimentation que l'on ne croyait pas exister dans Paris, tels que lapins, pigeons, poules et dindes. Ces victuailles abondent, surtout aux Halles centrales et au marché de la Madeleine. On remarque également plusieurs paniers d'œufs. Les lapins se vendent 25 francs au lieu de 50 et 60 francs qu'ils valaient quelques jours auparavant, le commerce est toujours incorrigible et toujours âpre à la curée. Mais en même temps le Gouvernement de la défense nationale est toujours aussi ignorant et aussi incapable. Nous en trouvons

la preuve dans cette note que nous empruntons au journal
la Vérité du 28 janvier 1871:

« L'imprévoyance et le désordre, qui ont présidé à l'administration sous la République du 4 septembre, ne sont plus
aujourd'hui un mystère pour personne. Il est certain que le
gouvernement n'a jamais su lui-même d'une manière certaine ce qui restait de vivres à Paris. Aussi ses membres
disaient avant-hier, à qui voulait l'entendre, qu'il restait à
peine du pain pour quatre jours, et que l'on serait peut-être
forcé pour suffire pendant ce court espace de temps aux
besoins de la population parisienne, de réduire à 150 grammes
la ration de pain attribuée à chaque individu. Hier tout était
changé. On ne parlait plus de rationnement nouveau ; voici
pourquoi : C'est qu'on vient de découvrir trente-huit mille
quintaux d'avoine dont le gouvernement ne soupçonnait
même pas l'existence. Ving-huit mille quintaux ont également été retrouvés dans le Panthéon. Six à sept mille quintaux de blé oubliés dans quelque autre édifice ont aussi été
retrouvés. »

Deux jours après, à la nouvelle de la signature de l'armistice et du prochain ravitaillement de Paris, dans le pavillon
des Halles centrales affecté à la vente des légumes et même
en dehors, sur les trottoirs de la Pointe Saint-Eustache, on
voyait une triple rangée de marchands d'œufs, de beurre,
de lapins et de volailles.

Cette abondance de provisions se produisant au moment
où le ravitaillement de Paris devenait une certitude, donna
lieu à des commentaires passionnés. Les détenteurs de ces
marchandises furent accusés, avec plus ou moins de raison,
d'avoir voulu spéculer sur la misère publique ; des personnes,
ne sachant pas contenir leur indignation, s'emparèrent des
paniers remplis de denrées et en répandirent le contenu dans
la boue de la chaussée, aux applaudissements des assis-
tants.

Ces actes de violence furent pour les marchands d'œufs et de volailles le signal de la retraite, en un clin d'œil, tous disparurent par les rues avoisinantes, et presque aussitôt la foule envahit le pavillon n° 7, où eût lieu un véritable pillage. Chacun voulait avoir sa part de butin et les pieds de céleri, les choux-fleurs, les laitues volaient par dessus les têtes, ou passaient par deux ou trois mains avant d'être définitivement conquis par quelqu'un.

Le 1ᵉʳ février, la graisse de bœuf faisait sa réapparition en grande quantité ; les pommes de terre, les carottes, les navets envahissaient les étalages. Les poulets de 65 fr. tombaient à 14 fr., les lapins de 50 fr. à 6 fr., la graisse de 2 fr. 50 à 1 fr. 90, les pigeons à 5 fr., les pommes de terre à 2 fr. 25 le litre et ainsi du reste.

Enfin l'armistice est signé, et le *Journal officiel* fait précéder le texte de ce document des explications suivantes que nous reproduisons sans commentaires, comme un monument historique, utile à consulter dans le présent et dans l'avenir.

« Le gouvernement a annoncé qu'il donnerait la preuve irréfragable que Paris a poussé la résistance jusqu'aux extrêmes limites du possible. Hier encore, il y avait inconvénient grave à publier des informations de ce genre. Aujourd'hui que la convention relative à l'armistice est signée, le gouvernement peut remplir sa promesse.

« Il faut d'abord se remettre en mémoire ce que trop de personnes semblent avoir oublié : c'est qu'au début de l'investissement les plus optimistes n'osaient pas croire à un siége de plus de six ou sept semaines.

« Lorsque le 8 septembre le *Journal officiel,* répétant une déclaration affichée sur les murailles, par M. Magnin, ministre du commerce, affirmant que les « approvisionnements en viandes, liquides et objets alimentaires de toute espèce seraient largement suffisants pour assurer l'alimentation d'une population de deux millions d'âmes pendant deux mois. » Cette assertion était généralement accueillie par un sourire d'incrédulité. Or, quatre mois et vingt jours se sont écoulés depuis le 8 septembre.

« Au milieu des plus dures privations, devenues pendant ces dernières semaines de cruelles souffrances, Paris a résisté aussi longtemps qu'il a pu raisonnablement espérer le secours des armées extérieures, aussi longtemps qu'un morceau de pain lui est resté pour nourrir ses habitants et ses défenseurs. Il ne s'est arrêté que lorsque les nouvelles venues de province lui ont arraché tout espoir, en même temps que l'état de ses subsistances lui montrait la famine imminente et inévitable.

« Le 27 janvier, c'est-à-dire huit jours après la dernière bataille livrée sous nos murs et presque au moment où nous apprenions les insuccès de Chanzy et de Faidherbe, il restait en magasin 42,000 quintaux métriques de blé, orge, seigle, riz et avoine, ce qui, réduit en farine représente, à cause du faible rendement de l'avoine, 35,000 quintaux métriques de farine panifiable. Dans cette quantité sont compris 11,000 quintaux de blé et 6,000 quintaux de riz, cédés par l'administration de la guerre, laquelle ne possède plus que dix jours de vivres pour les troupes, si on les traite comme des troupes en campagne, savoir : 12,000 quintaux de riz, blé et farine, et 20,000 quintaux d'avoine. Telle est la situation de nos approvisionnements en céréales à l'heure de l'ouverture des négociations.

« En temps ordinaire, Paris emploie à sa subsistance 8,000 quintaux de farine par jour, c'est-à-dire 2 millions de livres de pain ; mais du 21 septembre au 18 janvier, sa consommation a été réduite à une moyenne de 6,360 quintaux de farine par jour, et depuis le 18 janvier, c'est-à-dire depuis le rationnement, cette consommation est descendue à 5,300 quintaux, soit un sixième de moins environ que la quantité habituelle, nous pourrions dire nécessaire.

« En partant de ce chiffre de 5,300 quintaux, le total de nos approvisionnements représente une durée de sept jours.

« À ces sept jours, on peut ajouter *un* jour d'alimentation fourni par la farine actuellement distribuée aux boulangers ; *trois* ou *quatre* jours auxquels subviendront les quantités de blé enlevées aux détenteurs par tous les moyens qu'il a été possible d'imaginer et l'on arrive ainsi à reconnaître que nous avons du pain pour huit jours au moins, pour douze jours au plus.

« Il n'est pas inutile de dire que, depuis trois semaines, il n'existe plus de provisions en farine. Nos moulins ne fournissent chaque jour que la farine nécessaire au lendemain. Il eut suffi de quelques obus tombant sur l'usine Cail pour mettre instantanément en danger l'alimentation de toute la ville.

« En ce qui concerne la viande, la situation peut se caractériser par un seul mot : depuis l'épuisement de nos réserves de boucherie, nous avons vécu en mangeant du cheval. Il y avait 110,000 chevaux à Paris. Il n'en reste plus que 33,000 en comprenant dans ce chiffre les chevaux de la guerre.

Ces 30,000 chevaux, d'ailleurs, ne sauraient être tous abattus sans les plus graves inconvénients. Plusieurs services, indispensables à la vie, seraient suspendus : ambulances, transport des grains, des farines et des comestibles ; service de l'éclairage et des vidanges, pompes funèbres, etc. Il nous faudra, d'autre part, beaucoup de chevaux pour le camionnage quand le ravitaillement commencera. En réalité, une fois ces diverses nécessités satisfaites, le nombre des animaux disponibles pour la boucherie ne dépassera pas 22,000 environ.

« En ce moment, nous consommons, avec l'armée, 650 chevaux par jour, soit 25 à 30 grammes par habitant, après le prélèvement des hôpitaux, des ambulances et des fourneaux.

Vingt-cinq grammes de viande de cheval, *trois cents* grammes de pain, voilà la nourriture dont Paris se contente à l'heure qu'il est. Dans dix jours, quand nous n'aurons plus de pain, nous aurons consommé 3,500 chevaux de plus, et il ne nous en restera que 26,500. Nous pouvons, il est vrai, y joindre 3,000 vaches réservées pour le dernier moment, parce qu'elles fournissent du lait aux malades et aux nouveau-nés. Mais alors comme il faudra remplacer le pain absent, la ration de viande devra être quadruplée et nous serons obligés de tuer 3,000 chevaux par jour. Nous vivrions ainsi pendant une semaine environ.

« Mais nous n'en viendrons pas à cette extrémité, précisément parce que le Gouvernement de la défense nationale s'est décidé à négocier. On dira peut-être : « Pourquoi avoir tant tardé ? Pourquoi n'avoir pas révélé plus tôt ces vérités terribles ? » A cette question il y a à répondre que le devoir était de prolonger la résistance jusqu'aux dernières limites et que la révélation de semblables détails eût été la fin de toute résistance.

« Mais le ravitaillement marchera assez vite pour que nous ne restions pas un seul jour sans pain. Toutes les mesures que la prudence pouvait suggérer ont été prises, et, pourvu que chacun comprenne son devoir, pourvu que les agitations intérieures ne viennent pas troubler la reprise de l'activité industrielle et commerciale, de nouveaux approvisionnements nous arriverons juste au moment où nous aurons épuisé ceux qui nous restent.

« Nous avons le ferme espoir, nous avons la certitude que la famine sera épargnée à deux millions d'hommes, de femmes, de vieillards et d'enfants. Le devoir sacré de pousser la résistance, aussi loin que les forces humaines le comportent, nous a obligé de tenir tant que nous avons eu un reste de pain. Nous avons cédé, non pas à l'avant-dernière heure, mais à la dernière. »

Nous terminerons cette longue, mais intéressante étude par la reproduction d'une lettre adressée au *Moniteur universel*, lettre non signée, mais qui résume très-exactement, à notre sens, la situation de Paris pendant le siége. Nous ne saurions mieux dire, nous ne saurions être plus fidèle historien et conclure en meilleurs termes. Aussi reproduisons-nous avec empressement cet hommage plein de cœur rendu à la ville de Paris.

« Ce que je tiens à constater, c'est le courage dans la souffrance, la résignation dans la misère que j'ai rencontré dans les classes pauvres.

« C'est le sacrifice complet du bien-être, de la fortune et de l'existence, l'abnégation dans la ruine que j'ai trouvés dans les classes riches, et cela sans une larme, sans un regret.

« Sous ce point de vue, je le dis hautement, Paris, avec sa population de plus de deux millions d'âmes, mérite de faire l'admiration du monde entier.

« Vous représentez-vous tous ces ouvriers sans travail, réduits à la solde de la garde nationale : 1 franc 50 par jour, augmentés de 75 centimes pour ceux ayant femme et enfants, forcés, pour leur service, d'envoyer ces femmes et ces enfants faire queue pendant des heures entières, par des froids rigoureux, exceptionnels à Paris, chez le boulanger, pour obtenir une ration de 300 grammes d'un pain noir, malsain, indigeste et non nourrissant ; puis, des heures entières chez le boucher pour obtenir 30 grammes de viande de cheval, soit 90 grammes pour trois jours, soit 450 grammes pour cinq personnes et trois jours, un peu moins d'une livre.

« Puis chez le marchand de bois, nouvelle queue de plusieurs heures, pour obtenir, pris sur place, quelques morceaux d'un bois vert qui devait fumer dans l'âtre sans chauffer, et cuire à peine la maigre pitance obtenue après tant de temps et de souffrance !

« Voici pour la classe pauvre, et, à mon avis, elle devait souffrir moins, relativement, que la classe moyenne, le gouvernement et la charité privée ayant établi des cantines, où, après une nouvelle et longue station, le pauvre pouvait à bas prix trouver des aliments sinon copieux, au moins chauds et réconfortants.

« Mais les classes moyennes, et parmi elles les pauvres honteux, tous les petits employés, les petits propriétaires, les petits rentiers, toute cette classe intermédiaire des petits bourgeois de Paris, vivant en famille, avec 1,500, 2,000 et jusqu'à 4,000 francs par an était obligée de supporter les mêmes souffrances que les plus pauvres, n'étant pas secourue et n'osant pas demander; forcée de se priver, par le prix des denrées alimentaires, des petites douceurs qui faisaient une des nécessités de sa vie; rationnée sur le pain noir, sur la viande, sur le chauffage ; sans que le peu d'argent possible puisse être d'une certaine utilité.

« Vous représentez-vous les enfants manquant de lait, les estomacs malades manquant d'œufs et de viandes blanches, les adolescents et les vieillards manquant de côtelettes saignantes, réduits à une viande malsaine ét à un pain étouffant !

« Tous les animaux du Jardin d'acclimatation et une partie de ceux du Jardin des plantes : éléphant, mulet, ânon, bison, sanglier, antilope, etc... payés à des prix énormes et accaparés par les restaurants des riches...

« Tous les chats, majeure partie des chiens, une grande quantité de rats, servant à l'approvisionnement des restaurants des pauvres.

« Ne vous étonnez pas après cela d'une mortalité arrivée à 4,500 par semaine, plus de quatre fois celle des temps ordinaires.

« Quant aux classes aisées du commerce, de l'industrie, de la banque : toutes les affaires abandonnées, les fortunes compromises ou détruites; et malgré les craintes et les désastres prévus pour l'avenir, une charité inépuisable ; partout le développement des sentiments du cœur, le besoin de bien faire, de chercher la souffrance pour la soulager ; la main ouverte, toujours prête à se tendre pour soutenir ou pour donner.

« Voilà ce que j'ai remarqué, et ce qui m'enchante et me donne confiance en notre pays, quand sans police et au milieu de ces privations, de ces misères imméritées, on n'entend pas parler de crimes, de vol et à peine de délits.

« Paris a conclu un armistice n'ayant plus que sept jours de vivres, avec le rationnement indiqué, il aurait tenu un an dans les mêmes conditions et avec le même courage. Les Prussiens en quatre mois et demi, ne nous ont pris ni une redoute ni un fort. A mon avis, Paris ne pouvait pas être pris, il avait derrière ses remparts cinq cent mille combattants qui avaient fait à la patrie le sacrifice de leur vie. »

La question de l'alimentation pendant le siége de Paris serait incomplète, si comme conséquence nous n'y ajoutions quelques notes et documents essentiellement militaires, sur ce qui a été fait et sur ce qu'il y avait à faire. Ce sera là notre conclusion. Celle-ci viendra naturellement affirmer les fautes commises, soit par incapacité soit par trahison.

Ce qui a été fait personne ne l'ignore. Qui ne se souvient des combats de Champigny et Villiers du 20 et 30 novembre ainsi que celui du 2 décembre, précédé de cette proclamation, signée Ducrot, se terminant ainsi :

« Courage donc et confiance ! songez que, dans cette lutte suprême nous combattrons pour notre honneur, pour notre liberté, pour le salut de notre chère et malheureuse patrie et, si ce mobile n'est pas suffisant pour enflammer vos cœurs, pensez à vos champs dévastés, à vos familles ruinées, à vos sœurs, à vos femmes, à vos mères désolées.

« Puisse cette pensée vous faire partager la soif de ven-

geance, la sourde rage qui m'animent et vous inspirer le mé-
pris du danger.

« Pour moi j'y suis bien résolu, *j'en fais le serment devant
vous, devant la nation tout entière : je ne rentrerai dans Paris
que mort ou victorieux.* Vous pourrez me voir tomber, mais
vous ne me verrez pas reculer. Alors ne vous arrêtez pas,
mais vengez-moi.

« En avant donc, en avant et que Dieu nous protége.

« Paris, le 28 novembre 1870.

« Le général en chef de la 2ᵉ armée de Paris,

« A. DUCROT. »

Qui ne se souvient de cette autre note officielle, signée
Schmitz, datée du 30 novembre, nous annonçant que l'armée
du général Ducrot bivaquait dans le bois de Vincennes, après
avoir repassé la Marne, ordonnant, après le pompeux ordre
du jour qu'on vient de lire, la retraite à 35,000 hommes,
quand ceux-ci n'avaient devant eux que 7,500 Prussiens,
étonnés de leur fuite.

Qui ne se souvient de l'attaque du 20 et 21 décembre et
des nombreuses fautes commises dans ces deux journées.
Qui ne se souvient enfin du combat néfaste du 19 janvier 1871
qui porte pour enseigne, écrit en lettres sanglantes, le mot :
incapacité.

Nous ne parlerons pas ici des fautes commises en province.
Contentons-nous de passer l'éponge sur ces tristes pages,
mais souvenons-nous !

Qu'était, en effet, la position de Paris pendant l'investissement ?

Une ville fortifiée, alimentée pour de longs jours, une
ville bien armée et comptant dans son sein 500,000 défenseurs, tous disposés à faire leur devoir.

Ceci posé, ayant vu ce qui a été fait, voyons maintenant ce
qu'il y avait à faire :

Il fallait surtout empêcher le déplacement des forces prussiennes, qui maîtresses des chemins de fer, n'ignoraient pas que nous mettions entre chacune de nos attaques des quinzaines de jours d'intermittence et qui profitaient de ces repos non légitimés, pour envoyer des renforts aux corps d'armées qui occupaient l'intérieur de la France, leur permettant ainsi de battre partiellement nos troupes de province.

Indépendamment de sorties régulières, il fallait permettre aux capitaines des carabiniers volontaires, comme nous l'avons fait une première fois, le 21 octobre, à Joinville-le-Pont sur Champigny, il fallait permettre aux francs-tireurs et aux marins de faire des reconnaissances, d'attaquer l'ennemi toutes les nuits et dans toutes les directions à la fois. Un tiers de ces compagnies eût suffi, soit alors pour chacun un service de trois jours en trois jours. En cas de succès, les réserves, en stations dans les postes et tranchées, eussent appuyées et dès lors, la victoire ne pouvait être douteuse. Un mois de ce système suffisait pour fatiguer l'ennemi, le maintenir dans une insomnie énervante et facilement le vaincre. Un mois de ce système l'eût obligé de conserver devant Paris des forces très-considérables qui n'eussent pu empêcher les armées de province de venir à notre secours.

L'amiral Pothuau, en avant du 9e secteur, l'avait bien compris, aussi faisait-il faire très-fréquemment des reconnaissances et des attaques de nuit. L'ennemi sentit de suite la gravité de la situation, aussi, de tous les défenseurs de nos forts l'amiral Pothuau fut-il celui qui fut le plus sérieusement surveillé et attaqué. Il est vrai que les casernes de toutes nos forteresses furent brûlées, que des masses de projectiles tombèrent d'une manière terrible dans leur enceinte. Mais conduisant partout l'attaque comme au 9e secteur, il eut fallu à l'assiégeant 150,000 hommes de plus et une artillerie formidable pour attaquer les autres secteurs avec la même énergie.

Il est en outre un fait incontestable, c'est que notre artillerie a été employée d'une manière déplorable. On disait que les canons manquaient et il n'en était rien. Quantité de batteries dans les arsenaux et au Palais de l'Industrie n'ont jamais été attelées. Il y avait plus de trente obusiers de montagne qui n'ont jamais servis. C'était pourtant les pièces qu'il fallait. L'obus de montagne de douze centimètres perce et renverse parfaitement les murs et les maisons, et cela eût été d'autant plus facile aux environs de Paris, c'est que ceux-ci sont construits en plâtre. Après avoir fait son trou, le projectile éclate ou continue sa marche à ricochets, tout en fouillant les gorges et les inégalités de terrain. Ces pièces ont rendu de grands services en Afrique. De plus elles pouvaient être facilement portées ou traînées par un mulet, au besoin par des hommes : elles pèsent 100 kilogrammes et dès lors, dans les mauvais temps, l'artillerie ne se fût pas trouvée embourbée.

Mais, malheureusement, il en a été pour la défense comme pour l'alimentation. Aucune décision, aucune précaution n'a été prise, rien n'a été fait pour organiser et appliquer la discipline ; partout pas de moyens de répression, partout manque de fermeté. Tous les jours des décrets que l'on ne faisait pas exécuter : celui d'aujourd'hui annulant celui de la veille. Partout des contre-ordres, des méfiances, le tout en vertu de vieux préjugés militaires, comme si depuis longtemps on ne devrait pas en avoir fini avec tous ces reliquats du militarisme qui nous ont toujours perdus.

Il eut fallu également établir des voies de transport rapides, des chemins de fer américains, par exemple, sur toutes nos grandes artères, sur nos boulevards, nos quais, la rue de Rivoli, la rue et faubourg St-Antoine, etc... afin de faciliter le transport rapide de nos troupes, de nos mobiles et des gardes nationaux à travers Paris, au lieu de leur faire franchir 16 et même 20 kilomètres sac au dos, équipement complet, sans préjudice de 80 cartouches et de quatre jours de vivres, et cela à toute heure du jour et de la nuit. Si bien qu'on arrivait le plus souvent épuisé sur les champs de bataille ou dans les tranchées de grand'garde.

Malgré cela, malgré un si rude labeur et d'aussi énervantes corvées, une fois sur le terrain on combattait, et, chose remarquable, c'est que toujours l'ennemi était repoussé. Seulement le soir ou bien le lendemain, il renvoyait des troupes fraîches et en grand nombre pour appuyer celles qui avaient cédées. Nos soldats exténués de fatigue, sans réserves pour les soutenir, décimés de prime-abord par l'artillerie ennemie, étaient forcés de battre en retraite et de réoccuper les positions qu'ils avaient quittées la veille. Par une si déplorable tactique, les chefs de l'armée épuisaient follement les défenseurs du sol sacré de la patrie, épuisaient inutilement les munitions de guerre, ainsi que les munitions alimentaires et nous préparaient la paix désastreuse que nous avons été obligé de subir. Il ne faut pas être un grand stratégiste pour comprendre qu'il valait mieux maintenir les troupes victorieuses sur le terrain conquis, les retrancher par des ouvrages en terre, créneler les murs, barricader les routes et les rues, abattre les arbres en face de tous les passages et occuper fortement les hauteurs en les couronnant par de l'artillerie.

Pour l'exécution de semblables travaux, des travailleurs civils auraient dû suivre l'armée, qui en même temps eût été soutenue par des colonnes de troupes fraîches ayant mission, selon les besoins, de se porter en avant, ou de se replier sur les troupes d'occupation formant la réserve. De cette manière on eût pu après le combat faire des diversions en attaquant l'ennemi, sur deux points opposés, par de faibles colonnes, dans l'intention permanente d'empêcher nos adversaires de dégarnir leurs positions et d'aller au secours de celles qui venaient d'être battues.

Revenons à l'artillerie et ajoutons que quatre chevaux ou

mulets par pièce eussent suffi pour porter les munitions, soit six caisses à obus et deux caisses à mitrailles, tout en laissant cependant en arrière un certain nombre de prolonges et de caisses de rechange, qui eussent été remplacées au fur et à mesure des besoins, pendant le tir, par les caisses vides dégarnies de munitions. Or, les mitrailleuses sont restées la plupart du temps inactives, on les a laissé presque toutes à l'ennemi et il en a été de même des canons de campagne.

Il ne manquait cependant pas d'artilleurs, ni même d'attelages, et néanmoins à St.-Denis les pièces d'artillerie ont été servies par des soldats d'infanterie comme servants auxiliaires. Pendant ce temps on laissait quatre batteries d'artillerie du Rhône à Courcelles, sans tirer un coup de canon, et cela pendant toute la durée du siége. Après l'affaire de Montretout une députation d'officiers se plaignit de ce que l'artillerie n'avait pas donné. Il lui fut répondu : Que l'on avait fait battre la garde nationale pour donner satisfaction à l'opinion publique et que l'artillerie étant embourbée n'avait pu avancer. Une pareille réponse dénote surabondamment l'incapacité ou au moins le laisser-aller méthodique avec lequel la défense a été organisée.

Nous avions des canonnières qui auraient pu rendre de grands services, en amont et en aval de la Seine, en faisant surtout accompagner ces bâtiments de deux ou trois bateaux à vapeur blindés. Ces bateaux eussent pu transporter chacun 500 hommes de débarquement, surprendre l'ennemi en le prenant en flanc ; eussent permis à l'armée parisienne de rejoindre celle de la Loire en débloquant le chemin de fer d'Orléans qui, avec ses embranchements, pouvait facilement rayonner sur les deux tiers du sol de la France, de manière à pouvoir, en l'espace de dix jours, ravitailler Paris, surtout si l'on eût eu le soin par avance de préparer des convois à l'extrémité des lignes et particulièrement dans les grandes villes encore occupées par nous.

Les opinions et idées qui précèdent ne constituent pas un plan de campagne, mais seulement un plan de défense de de Paris assiégé, envisagé terre à terre et dans la mesure du possible. Quoiqu'il en soit, malgré nos revers, nous avons cependant le ferme espoir que la France se relèvera de ses immenses désastres. Pour cela il faut que la guerre que nous venons de subir nous serve d'enseignements; il faut que chaque homme sache se servir d'une arme ; il faut enfin que le soldat ne s'occupe que de la direction de l'armée, que les financiers ne s'occupent que de finances, que les administrateurs-économistes ne s'occupent que d'agriculture et d'alimentation et que les belles phrases, ainsi que les longs discours, soient exclus de ces trois services. Quant aux avocats, nous leur abandonnons la diplomatie à la condition qu'ils ne sortiront pas de cette sphère, sinon et encore une fois ils compromettront l'avenir.

Paris. — Imp. Paul Dupont, rue J.-J. Rousseau, 41 (hôtel des Fermes) — 3-71.

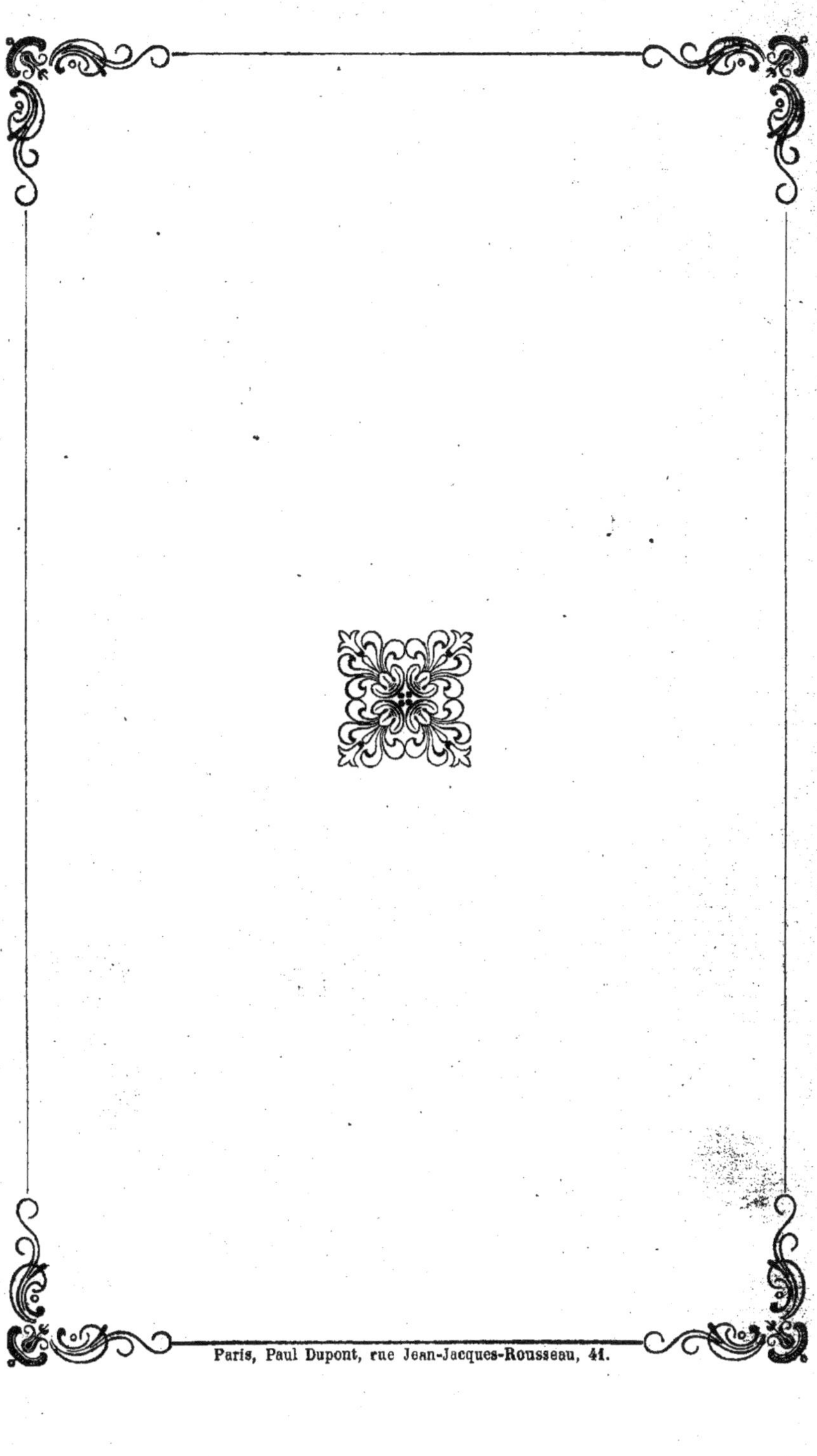

Paris, Paul Dupont, rue Jean-Jacques-Rousseau, 41.

9 782329 669694